1a Edició març 1999
2a Edició abril 1999

Adaptació al català: Mercè Vallejo
Propostes de treball: Teresa Sabaté
Disseny gràfic: Isidre Barnils
Preimpressió: Sam disseny
Coordinació: Cosimo Roma

Idea original: Xavier Gabriel

Direcció editorial: Joan Riedweg - Joan Salvatella

ISBN: 84-930488-1-X
Dipòsit legal: B-753-99
Imprimeix: Sorpama, S.A.

La Bruixa de la Sort

Textos:
© Fidel del Castillo
Il·lustracions:
© Albert Escoda

Adaptació al català: Mercè Vallejo
Disseny gràfic: Isidre Barnils
Coordinació: Cosimo Roma

Idea original: Xavier Gabriel

Direcció editorial:
Joan Riedweg - Joan Salvatella

Magic Dreams
Witch

En un paratge molt, molt remot,
perdut entre les muntanyes més altes de
la terra i els núvols més baixos del
cel, hi havia una vegada
una caseta
envoltada de pau, silenci i tranquil.litat.

Era una casa petitona i molt bonica, tan bonica com les cases que surten als contes, i hi vivia una família composta per un Mag savi, una Bruixa bondadosa i la seva filleta, **que**, que, per cert, avui complia... **cent cinquanta** anys!

Segle-versari feliç...,

segle-versari feliç...,

et desitgem, noieta...

segle-versari feliiiiiç!!!

Aquí els trobem, tots reunits, contents i feliços, cantant al voltant d'un pastís deliciós. El pare, un gran Mag, que ha dedicat tota la seva existència a estudiar els llibres secrets de la saviesa i de la ciència; la Mare, una Bruixa molt bona, que ho sap tot de beuratges, sortilegis, encantaments, i..., és clar, de sopes, i en Costelletes, l'esquelet que viu amb ells des que va deixar de fumar. I, també...

N... la protagonista del conte.

Naturalment, és una bruixa, però és tan joveneta que encara no domina del tot l'art de la bruixeria, i tot sovint s'equivoca amb els encantaments i els beuratges. No és que siguin errors irreversibles, però s'empipa molt si en Costelletes es torna un caramel de maduixa quan ella vol convertir-lo en granota

Però, sobretot, té una habilitat especial per fer a miques i destrossar tot el que troba al davant. I també per fer enfadar els seus pares.

Tots recorden el primer dia que va sortir

a **volar** amb l'escombra...

Aquell dia, mentre volava per casa, no va recordar les paraules màgiques que servien per frenar. I, casualment, se'n va adonar a la biblioteca de son pare, quan, en lloc d'aturar-se, l'escombra va accelerar, va topar contra una prestatgeria immensa carregada de llibres i els va tirar tots per terra. En Costelletes va provar d'aturar-la, però, res!, l'escombra desbocada el va convertir en un **puzle** *d'ossos.*

I, com si no n'hi hagués prou, la Bruixa va anar a topar amb la marmita on la mare estava cuinant una sopa de ceba boníssima i la va vessar tota per terra. La mare es va empipar tant que la va convertir en ***drac*** durant una setmana.

Però d'això ja fa dies. Avui tots estan contents perquè celebren l'aniversari de la Bruixa.

—Iupi

–*B*é, filleta –diu el pare Mag–, ja saps que avui compleixes un segle i mig, i que, com t'hem explicat moltes vegades, quan una bruixa fa cent cinquanta anys, ha arribat el moment que es busqui una casa per viure-hi la resta de la seva llarga vida. La casa ha d'estar prop d'un riu i d'un llac, i no gaire lluny d'un poble on hi hagi gent que es pugui ajudar i nens per poder-hi jugar.

...! –crida la bruixa–, finalment podré fer el que em doni la gana! Iupiii!

Així, doncs, l'endemà al matí la Bruixa va fer la maleta i va posar a dintre els seus tresors preferits: un gerro amb flors pansides; tres o quatre gripaus que amagava sota el llit; un pòster del grup de rock que li agradava més, *Les Escombres Pirades*; un mussol dissecat; un barret *mexicà*, un parell de manuals del tercer curs de bruixeria,

dotze baletes decorades amb calaveres, i un munt de coses més; tantes, que va necessitar diversos trucs de màgia per poder aconseguir encabir-ho tot dintre d'una maleta tan petita, però al final ho va aconseguir.

Els pares, una mica tristos, l'esperen a la porta per acomiadar-la.

–Bé, filla –diu el pare–, aquest és el nostre regal de comiat: La Pols d'Or, una pols màgica que dóna sort a qui la rep. Per això, a partir d'ara et diràs «Bruixa d'Or», i seràs... la Bruixa de la Sort!

I, mentre deia això, el Mag li va tirar una mica de pols pel damunt, i el vestit de la Bruixa va esdevenir daurat.

–*I* recorda els encanteris i les fórmules dels beuratges que t'hem ensenyat!, diu el pare mentre la Bruixa pujava a l'escombra.

–¡posa't la samarreta si has de volar molt amunt!

–crida la mare, que, encara que sigui una bruixa, és tan pesada com totes les altres mares.

–Adéu

I la Bruixa d'Or es va envolar a tota velocitat, mentre s'esforçava a mantenir-se ben dreta damunt de l'escombra.

uuuul

Va saludar el Petit Príncep, que estava en el seu asteroide; va veure satèl.lits quadrats, planetes com pilotes de futbol, estels grans i petits: i va veure també naus espacials, i astronautes, i cometes...

Va ser un vol màgic, galàctic, còsmic..., fins que, com ja es veia venir, va perdre el control de l'escombra i va caure a tota velocitat en picat cap a la Terra. I es va estavellar en una vall petita i verda, enmig d'unes muntanyes molt altes que es diuen Pirineus.

Va passar a frec de la lluna, que tenia un coet en el ull;

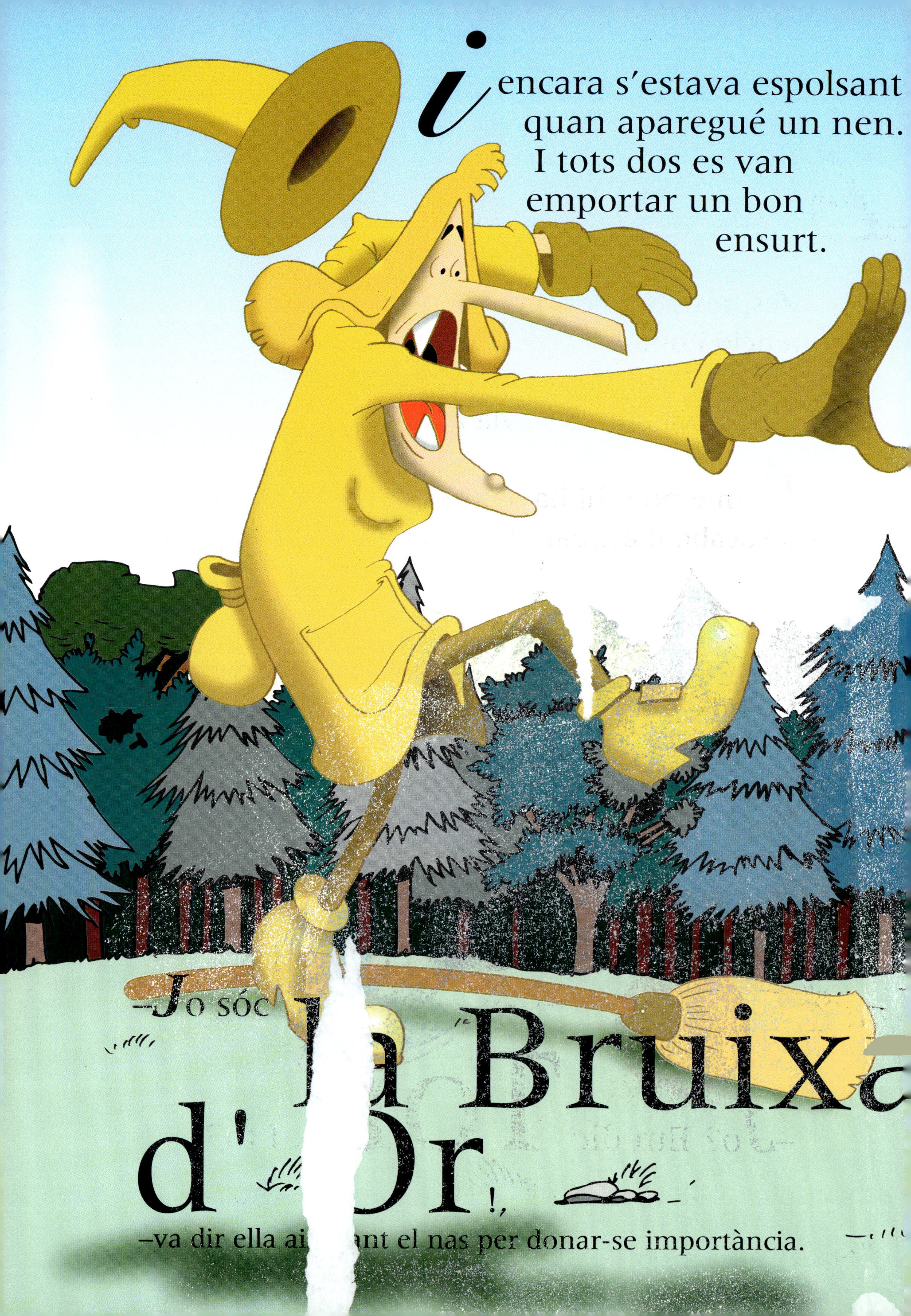

i encara s'estava espolsant quan aparegué un nen. I tots dos es van emportar un bon ensurt.

–Jo sóc [illegible]a Bruixa d'Or!,

–va dir ella ai[illegible]ant el nas per donar-se importància.

–Aaaahhh...! Una bruixa!! –crida el nen.

–Aaaahhh...! Un nen!! –crida la Bruixa d'Or alhora.

Després d'una estona de contemplar-se tots dos amb atenció i una mica de por, el nen va dir:

–No sabia que hi havia bruixes per aquests verals...

–És que no n'hi havia, tros de quòniam: que no veus que acabo d'arribar? I com et dius, nen desnerit?

–Jo? Em dic TO . I tu?

Que et quedaràs per aquí?–,
li pregunta el nen.

–Ja ho veurem...
Com que ja sóc gran,
puc fer el que vulgui.

–Doncs, queda't,
va, va, queda't...

–Un moment!

No et pensis que serà
tan fàcil. Casa meva
necessita unes
condicions especials...
Per exemple..., hi ha
d'haver un poble a
prop. I..., sí, també hi ha
d'haver un riu i un llac.

–Però si aquí hi ha tot això que demanes! Jo sóc del poble: tenim un riu que, una mica més avall, forma un llac. I, fixa't, veus aquell casalot mig en ruïnes? No és de ningú..., podries construir casa teva allà. Oi que sí?

–I per què vols que em quedi aquí?

–No ho sé... Però deu ser divertit tenir una bruixa per amiga...

–I per què penses que jo voldré ser amiga teva, cap de pa?

–És que... en el poble no hi ha cap altre nen–, va dir en Ton tristament.

—El meu poble es diu Sort, però, em sembla que, de «sort», no en tenim gaire. Mira: un dia el pastor i el seu ramat es van perdre, amb tan mala fortuna que al capvespre es varen refugiar ni més ni menys que a la cova on vivien els llops. Ja t'ho pots imaginar... I un altre dia, la vigília de segar, va fer una pedregada i tota la collita es va fer malbé. I així, un any darrere l'altre, van anar passant desgràcies..., fins que tothom se'n va anar, i ja no van quedar infants al poble.

—Qui ha de *maleir* un

Només hi ha la Nina, que encara
ue és una nena també s'hi pot
ugar. És clar, si ens barallem
uanyo jo– va dir en Ton fent-se el
alent–. El senyor alcalde diu que,
n lloc de «Sort», el poble s'hauria
e dir «*calamitat*».
iu que el poble
stà maleït.

—Quina bestiesa!
va rondinar la Bruixa d'Or

oble ple de bona gent?

–Bé, bé, bé...,–va dir la Bruixa amb aires de superioritat–, doncs haurem de fer alguna cosa per solucionar tot això.

–Nosaltres? Jo també? Vols dir que tens tant de poder?–

–I tant! Ah, potser no t'he dit que sóc

la Bruixa de la Sort...

–**P**erò, vejam...–va dir en Ton, pensarós–, jo em pensava que les bruixes només fèieu dolenteries...

–**D**'on ho has tret, això? Què en saps tu, de bruixes, setciències?– va dir la Bruixa, tota ofesa.

–**É**s que... Ho he llegit als contes...; als contes sempre sou lletges i dolentes...

–**E**ls contes... Ah, sí, aquells contes on les fades sempre són precioses i bones, oi?

–**S**í...

–**V**as bé, cirerer... Has de fer cas del que visquis, no del que llegeixis... Quantes d'aquelles fades figaflors dels contes han vingut per aquí? Et semblo gaire dolenta, jo?

–**N**o ho sé... A mi em caus bé... Si no, no et demanaria que et quedessis– va fer en Ton, conciliador–. Oi que et quedaràs?

–**N**o ho sé... Mira que dir que totes les bruixes són dolentes... Però em caus bé, nano. Potser sí, que...

–Béééééé!

Es queda, es queda...!

i la Bruixa es va quedar. Durant uns quants dies, la Bruixa d'Or i en Ton van treballar molt perquè aquell casalot esdevingués una casa magnífica enmig del bosc.

Cal reconèixer que la Bruixa va haver d'utilitzar uns quants encanteris i sortilegis, i que no sempre li sortien bé a la primera, i els resultats estrafolaris encara divertien més en Ton. Al final, el resultat va ser esplèndid.

La Bruixa d'Or finalment tenia casa pròpia. Ara, el projecte següent era que Sort tornés a ésser un poble afortunat perquè tots els seus habitants hi poguessin tornar a viure. Però, és clar, no en va era

la Bruixa de la Sort.

–*I* ara ha arribat el moment de treballar– va dir la Bruixa d'Or.

–*Q*uè faràs?–va preguntar en Ton, encuriosit.

–*S*olucionarem els problemes d'aquest poble. Mira, mocoset: aquesta és la Pols de la Sort, la pols màgica que em va regalar el meu pare.

–*V*a, va, esp

–*I* per què serveix?

–*P*er què serveix, per què serveix...?– va dir la Bruixa– Doncs, serveix per donar bona sort, tros de ruc ignorant! En ruixarem el poble, i problema solucionat!

avilem-nos!

Van recol.lectar un sac sencer de roselles, tres nius abandonats, unes boletes de boix grèvol, dos brots de pi jove, bolets, plantes silvestres, pèls de cabra i un munt d'ingredients més, i la Bruixa d'Or ho va posar tot a coure a la seva marmita acabada d'estrenar.

Quan ja semblava que tot estava a punt, després de remenar-ho, com li havia ensenyat el seu pare, la Bruixa hi va afegir una ploma blanca d'Au Fènix, l'ocell llegendari que cada cent anys mor i reneix de les seves pròpies cendres. Ja només hi faltava la Pols de la

La Bruixa d'Or n'hi va posar una mica, i tot el contingut de la marmita es va tenyir de color d'or, i feia una olor deliciosa.

Sort.

D'acord amb el pla de la Bruixa, un cop preparada la poció màgica, ella i en Ton van penjar la marmita a l'escombra per tal de ruixar-ne el poble. Però, amb les presses, cap dels dos no havia pensat que l'escombra portava massa pes..., i no es podia envolar. Potser ja era massa vella, o potser li calia una posada a punt després del llarg viatge que havia fet per arribar a Sort. Total, que per molt que la Bruixa deia fórmules màgiques, i per molt que l'escombra intentava col.laborar, no hi havia manera que s'aixequés ni un pam de terra.

–No hi ha manera... Em caldria una escombra nova–,

digué la Bruixa d'Or.

I llavors, en Ton va tenir una idea.

Una de les coses que a en Ton no li agradava gens era escombrar el porxo de l'escola. I com que a l'escola només hi anaven la Nina i ell, doncs, dia sí, dia no, li tocava a ell.

Així doncs, no tenia gaire mèrit que se li acudís d'anar al poble i pispar l'escombra de l'armari de la neteja de l'escola.

D'altra banda, no és que fos una empresa gaire arriscada: dissabte, a l'escola no hi havia ningú, i, és clar, en Ton ho sabia. De manera que, en un tres i no res, tots dos tornaven a ésser al costat de la marmita

amb una *escombra* nova.

La Bruixa d'Or i en Ton vare[...] marmita a l'es[...]
El nen va pujar darrera de la [...] se li va agafar a la cintura, i es varen envolar. Però, com ja podíem esperar, la Bruixa continuava essent una pilot desastrosa, i el vol es va assemblar més a una

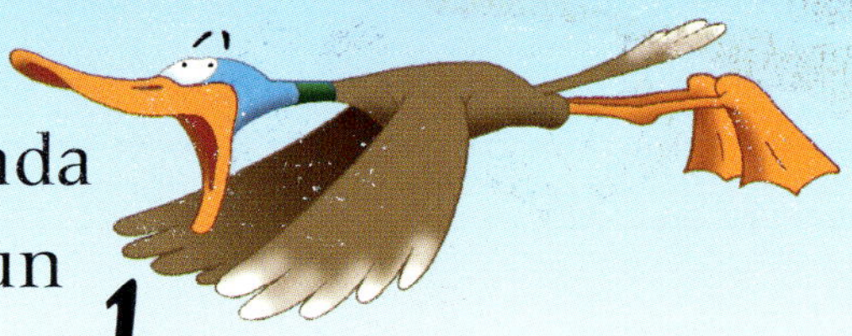

cavalcada sobre un búfal **salvatge** que a un passeig bucòlic pel cel:

pujaven, baixaven, frenaven en sec i acceleraven sobtada[...]

feien virolles, tirabuixons, barrina...

inalm ... n xocar contra ... n núvol,

... i, amb ... te, la marmita es va abocar. Sort... nt, era un núvol ple de pluja, i ... tingut de la marmita s'hi va b... rejar. El núvol, saturat de líquid, va començar a deixar anar el seu contingut, i la poció màgica va caure damunt de tot el poble en forma de pluja.

i, de sobte, en el poble, tothom va començar a tenir bona sort. Un home que era a l'hort collint enciams va trobar un trèvol de quatre fulles; una dona que havia anat a mirar el galliner, va trobar uns quants ous de dos rovells. I, al cap d'una estona, una cigonya va aterrar al capdamunt del campanari de l'església. Fins i tot el senyor alcalde es va trobar una moneda d'or a terra. Tothom estava tan optimista, que van decidir fer una festa.

Vilatans i vilatanes, com sempre us havia dit– cridava l'alcalde des de la finestra de l'Ajuntament–, si el poble es diu «Sort» és perquè és afortunat! I és que jo sempre tinc raó!

Algun els vilatans va gratar cap amb scepticisme, erò, en general, hi va haver aplaudiments, i la festa va ser molt lluïda.

Des de lluny, la Bruixa i en Ton contemplen com tots es diverteixen, canten, ballen i riuen.

–Ha funcionat, ha funcionat!–, –crida en Ton, boig d'alegria–. Ets la bruixa més llesta que conec!

–I tant! Si no en coneixes cap altra, petit ratolí de claveguera!

–Per això ho deia– va fer en Ton amb cara d'entremaliat

I la Bruixa, rient per sota el nas, va començar a llançar-li llamps i trons per convertir-lo en un saltamartí. En Ton va arrencar a córrer cap a casa seva, i cap dels llamps no el va tocar. Certament, la Bruixa d'Or no apuntava gaire bé...,

sabia que li quedaven *moltes aventures* per córrer amb el seu amic Ton.

de nit, quan el poble ja dormia després de la festa, la Bruixa d'Or va pujar a la muntanya per cercar una rata pinyada. Les rates pinyades són els missatgers alats de les bruixes. Quan, finalment, en va convèncer una, se'n va tornar a casa i va començar a escriure una carta:

«*E*stimats pare i mare. Ja he trobat un poble adequat per establir-me. Es diu ''Sort'' i, gràcies a mi i a la pols que em vàreu regalar, el seu nom tindrà sentit per tota

l'eternitat.

Molts petons a en Costelletes. Us estimo. La vostra filla, la Bruixa d'Or.»

*M*olt satisfeta, va acabar la carta i va firmar amb una signatura tan *complicada* que gairebé ni es podia llegir.

La Bruixa d'Or va contemplar el missatge, va esborrar tant com va poder les marques que hi havia deixat perquè mentre escrivia s'anava cruspint un entrepà de girella, va enrotllar el paper, el va lligar a la pota de la ratapinyada i, abans de deixar-la anar, la va esquitxar amb una mica de Pols de la Sort.

La ratapinyada va fer una expressió d'estranyesa quan va veure que el seu pèl grisós esdevenia daurat.

—I, ara, ja res no t'aturarà. Perquè ets el missatger de la Bruixa d'Or... la Bruixa de la Sort!

I, vet aquí un gos, vet aquí un gat, aquest conte s'ha acabat.

Però us prometem que en vindran molts més.

PER TREBALLAR AQUEST CONTE

– Qui vivia a la casa de la muntanya?
– Què li deien a la filla el dia del seu aniversari?
– Què fa la bruixa d'or quan realitza encanteris?
– I quan puja damunt de l'escombra?
– La seva mare quan li tira l'olla, què li fa?
– Per què està tan contenta la bruixa d'or?
– Què es guarda a la maleta?
– On li diuen que ha de viure?
– Què li dona el seu pare?
– Com es dirà a partir d'aquell moment?
– Per on va volar la bruixa d'or?
– On va anar a parar? Com es deien aquelles muntanyes?
– I el poble on va aterrar?
– Amb qui es va trobar? Com es deia el nen?
– Què li va demanar el nen a la bruixa d'or?
– On va decidir viure?
– Què els passava a la gent d'aquell poble abans d'arribar la bruixa d'or?
– Com ho va solucionar ella?
– Què volia la bruixa d'or per al poble de Sort?
– Què va recol·lectar? Què en va fer?
– Què li passava a l'escombra?
– D'on van treure una escombra nova?
– On va posar la marmita?
– Què va caure damunt del poble?
– A partir de llavors què va passar?
– Què va dir l'alcalde?
– I la bruixa què va fer?
– Què deia la carta que envià als pares?
– D'aquell dia ençà com es diu aquesta bruixa? Per què?